My International Date Line

Poems by Jeffrey Angles

わたしの日付変更線

ジェフリー・アングルス

思潮社

わたしの日付変更線

ジェフリー・アングルス詩集

思潮社

四十四歳で初めて会った母に

目次

西へ To the west

東へ To the east

現在へ　To the present

未来へ　To the future

写真＝著者
装幀＝奥定泰之

わたしの日付変更線

My International Date Line

Poems by Jeffrey Angles

西へ

To the west

日付変更線

日付変更線を超えると
きのうという過去から
あしたという未来に飛び込む
子供がプールに沈むように
まず足が静かな表面を通し
足首とふくらはぎ　そして腿
冷たさに抱き込まれ
快楽の波が全身に伝わる
無意識に筋肉が張って一瞬

動けなくなる　しかし
頭が沈んで瞼を開けば
永遠の水色が広がる

あちらから見ると
わたしが消えていくが
こちらから見ると
新しく生まれてくる
どちらが正しいのか
飛行機が目的地に
近づけば近づくほど
きのうのわたしは
漣《さざなみ》の下に沈んでいく
というのも　わたしは
どこにも属していない

過去にも　未来にも
ひょっとしたら　現在にも

火振り神事

阿蘇神社で

萱束に火を点す
燃えついたら
結んだ縄で振り廻す
炎が弧を描き始める

猛烈に燃え上がり
遠心力に運ばれ
炎が空中に飛び舞う
しかし　縄に束縛され

同じ軌道を廻る運命が
すでに決まっている

遠心力は魂も支配する
燃える萱と同じように
出生点から広がり
ぐらついて逃げようとするが
見えない縄に束縛されて
逃走は短い半径の軌道に終わる

ぐるぐると廻りながら
魂は赤々と鮮やかに
燃え上がるだろうが
実は　縄がいつか切れ
軌道から解放される夢を

見続けているだけ

突然　一直線の弾道に
ひとりで闇の中を飛び
火だるまになり
散らばる火花に
燃え尽くすのを
待っているだけ

時差

わたしの朝はあなたの夜
あなたの暁はわたしの黄昏
平行しているが接点はない
同じ地球に住んでいても
同じ太陽を見ることはない

時間の壁を越えるのは声だけ
わたしたちは電波に変身し
触覚　嗅覚　味覚を失う
貧弱な繊維の長さを走り

わたしの問いは過去に戻っていき
あなたの答えは未来に飛んでくる

時間が進むのは　わたしだけ
わたしの明日は　あなたの昨日
いいえ　一昨日　一週間前
時計を止めても時間は止まらない
年が暮れ　新しい年が始まる

そのうち　あなたの声は小さくなる
そして　ある日　聞こえなくなる
ひとり残されて　わたしは
永遠に若いあなたを偲び
前方に突き進むしかない
待ち伏せている死に向かって

望遠鏡

あなたのいる
大陸から離れて
記憶は裏切りを始める
目に当てた万華鏡は
いつのまにか望遠鏡になり
鏡に映った夕立は彗星に変わる
地上の親密な空間から　宇宙へ
満月が過ぎて　鎌の形に欠けていく
少しずつ　真空に消えるまで

それでも　わたしは見続ける
もともと存在しなかった
望遠鏡のレンズを通して

無縁という場

生まれ育った国へ
帰れなくなると
どの国でもないここに
わたしたちは　辿り着く
家族のいないわたしたち
愛されていないわたしたち
闇の境目を彷徨うわたしたち
狼に追いかけられたわたしたち

わたしたちの手の力が抜け
仕草は　弱くて不自然
疲れ果てた足はよろめく
孤独しか味わっていない口から
言葉は　滑らかに流れない
だから　屋根の曲線のように
持ち上げられるために
どの国でもないここに来る

ここでは　合掌をすると
手が少しだけ軽く感じる
前に進むと足は必ず躓かない
生まれた国を失っても
言語を失っていないことに
わたしたちは　ここで気づく

どこの国でもない言葉が
意外に　口から流れてくる

その言葉を使い
お互いの存在を初めて知る
言葉の力で屋根の曲線のように
空中に　持ち上げられる
その無国籍の言葉を聞き
追いかけてきた孤独の狼は
門外の闇に消えていく

リターンの用法

リターンには様々な種類がある
元に戻るのが最も多く
遅くなると帰ってくるリターン
宛先不明の手紙の郵便箱への返送
眠りのトンネルを通り抜ければ
再び　明るい寝室での目覚め

自然の周期が打つリターンもある
真暗な夜から蘇る月

梅雨の後の緑の噴き上げ
楔形になり　北へ渡っていく雁
大きくなった姪と手を繋いで
一年振りの眩しい砂浜への散歩

わたしのリターンはこれらではない
わたしのリターンは　最初も最後もない
飛行機が銀色の円弧を描き終えたら
また　反対の方向に戻っていく
書き終えた行の安全圏から
何もない空白へ飛び立つ改行

東へ

To the east

翻訳について

寝室に入ると　そこに
もう一人のわたしを見つける
そのわたしは金髪ではなく
そのわたしには黒髪がある
わたしが　どうしてここに？　と聞くと
そのわたしはただ　早く入れ　と言う
ずっとわたしを待っていたと
生まれた瞬間から今まで

わたしたちの使う言語は違うが
何となく通じあうらしい
わたしは洋服を脱いで横になると
子供のころについて話し始める
アイスクリームを落として泣いたとき
靴を大雪でなくして叱られたとき
お祖父さんと枕投げをしたとき
覚えている　とそのわたしが言う

だが　そのわたしが思い出を語ると
違う人の記憶に聞こえてしまう
わたしの覚えているベッドは布団になり
わたしの覚えている湖は海になる
サンダルは草履になり
ランチボックスはお弁当になる

二人のわたしの話はすれ違い
合うことは　なかなかない

二人のわたしはため息を漏らし
部屋は沈黙に戻ってしまう
シーツの上でおどおどして
お互いの手を取り
そしてしばらく天井を仰ぐ
やがて　抱きあい
赤の他人のように愛撫しあう
一個の完全な人格になれるように

文法のいない朝

言語の迷路は暗くて長いから
文法と友好条約を結ぶことにする
文法はわたしよりずっと背が高い
力を合わせたらいいだろう
昔の敵意を忘れようとして
握手するとき　わたしたちの手が
小人と巨人の手に見える

話の口火を切るのは文法

不信を抱いたまま
わたしたちは簡単な会話を交わす
そして　何度も右に曲がったり
左に曲がったりしているうちに
いつのまにか道案内を
文法に任せている

ある日起きたら　文法はいない
いつもより明るい朝に導かれて
探すが見当たらない
仕方がなく一人で歩き出す
暫くして　文法はまた現れる
肩を並べて歩くと　二人とも
同じ身長になっているのに気づく

文法のいない朝が多くなると
わたしの疑いが少しずつ膨らむ
文法は力強い外形を失って
時間が逆戻りしているように
声が高くなって　筋肉が溶けて
わたしのとなりに少年が残る
言葉を交わさない日々が増える

いま　文法は既に幼児
すぐ　歩けなくなる
言葉は喃語になりつつ
迷路を進むのはもう
わたしの責任になった
地図もコンパスもないが
朝がもう眩しくなっている

光に導かれて　近いうちに
出口が見つかるだろう
そして　そのとき
わたしは言語の迷路から
誇らしげに出るのだ
むかし文法だった胎児を
身のうち深く宿しながら

同居人

わたしは　あなたの家の外に住む
隠れた庭の隅の草の上　木の下で
夜のあいだに濡れた落葉の中に暮らす

そこから　窓にいるあなたを見ている
愛人と起きるとき　食卓に座るとき
扉から飛び出して家を忘れるとき

わたしは　あなたの表情を研究する

愛欲に飢えた顔と　スープを飲む口を
自然になるまで　真似をする

窓が開いていると　わたしは近づき
あなたの言うことを全て聞き盗み
自分のものになるまで　一人で繰り返す

そのうちに　わたしは外の冷たい床を捨て
言語という小さな窓から　家に忍び込み
あなたと一緒に　暮らし始めるだろう

その日が来る　とあなたも既に推測している
だから　あなたの皮膚に這い込むとき
あなたは　驚いたり怖がったりしない

そのときに　わたしたちは　ようやく
同じ顔で　同じ声で　話せる　いつか
外というものがあったことさえ忘れる

字間の静寂

空白を黒く染める字と字の間
紙の土地に　地割れが響く
名付けられていない地質年代の
言葉のプレート・テクトニクスを暴いて

その亀裂に　古代からの静寂がある
質量がなくても　字間に膨張し
知らぬうちに　黒い活字から漏れ出て
氷の張った余白に　透明に染みる

この静寂は　息を殺した瞬間に
唇の上に引いて残る空気である
ストーブが消えても残る微熱
本棚から取り出した一冊分の隙間

この静寂は　存在を呼びとめる
数字の桁を隔てていく空っぽのゼロ
発言されなくても　空中に架かる言葉
愛情を無言で告白する眼差し

いや　この静寂は　目で見えない
耳でも鼻でも　分からない
しかし　静寂を分泌する言葉に
手で触れると　意外にも暖かい

センテンスの前

ここでは何が起こったのか
有刺鉄線が地面に落ちている
言葉と　ランゲージを隔てていた
国境は完全に崩れている

こちら　と　あちら
という対立から解放され
単語は　廃墟で抱きあう
ものは名前があればあるほど

簡単に身を隠せるから

チコリーと名乗って
菊苦菜は　何事もなく渡る
それと同様　野良人参は
クイーン・アンズ・レース
として新しい人生を始める

もしかしたら
この境界のない国は
言語の故郷かもしれない
漢字とカタカナの共存する理想郷《ユートピア》
バベルの塔以前の楽園《エデン》

しかし　アダムもエバもいない

言葉《ランゲージ》は奔放に交じり合うだけ
始まりも終わりもない乱交
知恵の実は　試食されないまま
木から重くぶら下がっている

解剖図

賑やかな道の埃っぽい窓から
皮膚を剝がれた男はこちらを向いている
身体《からだ》は骨と肉　腱と筋でできた繊細な織物
その中から　線は四方八方に放射して
線の先から吊り下がる言葉は光輪をつくる
もつれあう母音と子音は　呪文になり
彼の身体を　わたしの前に出現させる

いや　もしかしたら　言葉の光輪は

男をばらばらに分解しているかもしれない
抜け目のない引き算で　身体を解体して
最初から存在していなかった　と言い切る
ならば　窓のこちらに立っているわたしも
実際に言語の手術台に乗っているのではないか
自分も　ただの記号の塊にしか過ぎない
言葉の惨いメスにきれぎれに切られて

過去へ

To the past

さかのぼる

川をさかのぼる
偉大なる川《ミシシッピ》から壮大なる川《オハイオ》
壮大なる川《オハイオ》から鹿のいる川《サイオト》
鹿のいる川《サイオト》から顔につける赤い塗料の川《オレンタンジー》
丘にある緑の国に着くまで

むかし　ここの住民は
獣と地形による名を　川に贈った
箆鹿の目の川《マスキンガム》　岩塩のある川《マホニング》　瓢箪型の川《ホッキング》

彼らはもうここにいないが
川はまだ自分の名を囁き
消えた言葉で静かに呼びあう

さらにむかし　ここの住民は
土を積み上げて塚《マウンド》を作った
蛇型の塚　蜥蜴型の塚　円錐型の塚
彼らはとっくにここから消えたが
塚は古代の夏至を思い出し
静かに太陽と会話する

ある日　わたしは川のほとり
塚の上で空を見上げた
耳を澄まし　水の呟きと
天体との対話を聞こうとした

しかし　その密語から
聞き取れたのは　ただ一つのこと

川は一直線になり
　大陸を貫くこと
　　合流し　名を変えても
　　　過去から現在を通過し
　　　　記憶から消える言葉を
　　　　　遠い未来の海へ注ぎ込む

蛇塚が語る

昔　ここで聞かれた言葉は
今　消えかかっている
文盲になった草は私の背中に
毎年生えて　毎年枯れる
時間が去ってゆく痒い証し
その下から　起き上がれない
膨らんだ満月を　私は口の中に保ち
八世紀間　この森で眠り続けて
人間が忘れた秘密を守る

星の久しい光は　何百年も落ち続け
星座の形をした入れ墨を私に残した
竜巻は　何百回も吹いてきて
倒れた木の中で　私だけが残った
年が経つにつれ　野火にも慣れてきた
銅色の炎が背中に踊るたび
にょろにょろ逃げる蛇を感じ
土でできた捕われの身を捨て
失われた記憶の方向へ
這っていく夢を見る

わたしのアメリカ史

ひいおじいさんは密航者になり
ひとりで　この国へやってきた
と　編み針をあやつりながら
祖母は言う　途中で見つかり
死にそうになるまで打擲された
陸に着いたら　さっさと逃げた
言葉なんて通じなかったが
どこかで猿を見つけた
あるいは　盗んだかもしれない

皇帝のように　自分の名前を
大きく大きく看板に書いた
そして　広く開かれた海の前で
手回しオルガンを演奏して
死ぬまで猿を踊らせた

もう一人のひいおじいさんは
ひとりで　この国へやってきた
と　掛け布団を編みながら
祖母は言う　荒地から離れて
初めて空腹からも解放された
ここで嫁と娘ができた
南北が分かれたから　戦いに行った
どこかの冷たい戦場で　球は
片頬に入って　片頬を出た

恐ろしくなった顔を隠すため
長く長く髭を伸ばした
そして　広く開かれた平原の前で
バイオリンを演奏して
死ぬまで無口だった

この国しか知らない祖母の話を
繰り返し　ベランダで聞く

　一目、二目、針を引き
黒い紐を白い紐にかける
　一目、二目、針を引き
地平線を水平線にかける
　一目、二目、針を引き
赤い紐を青い紐にかける

一目、二目、針を引き
血統《ちすじ》を血統《ちすじ》にかける

そして　より合わせたら
演奏し終わった針を
話とともに止め
紐をしっかり
口で締める

田という字

「田」という字を黒板に書く
水田を見たことがある学生はいない
線は　積んだ土でできた畦道
四角い空洞は　水に埋もれる畑
と　わたしは説明するが
言わないこともある

「田」は　田舎で暮らした
祖母の家の窓の形でもある

毎年の春　窓の向こうに
延齢草がレースのように咲き
毎年の秋　祖母の弱った体は
少しずつ　縮んでいった

祖母が死んだとき　牧師が
「田」と書いてわたしに説明した
四角は世界　その中の十字架は
わたしたちのために死んだキリストの象徴
彼の愛情が世界を満たしていて
わたしたちに　永遠の命をくれるのだと

いま　祖母の窓に戻れないわたしには
「田」は疑いの形になっている
延齢草をいくら咲かせても

永遠の命を与えてくれない神
わたしたちの祈りをいくら聞いても
救ってくれない救世主の形

竜巻演習

晩春になると
校長先生はわたしたち
小学生を　両端の戸を
開けた廊下に呼び
竜巻演習をさせた
先ず廊下で並び
壁に向かって坐る
警報が鳴ったら
頭を膝に下げるまで

腰を曲げる　こうすると
少年たちはくすくす笑うが
わたしは　こっそりと
持ってきた本を広げて
膝の下の要塞で
古代の戦争に耽る

でも　気圧計が急に下がり
真黒の雲が煮えこぼれた日に
笑う人は　ひとりもいない
腹を立てた風が
廊下を疾走し
見えない手で
わたしたちの絵を
壁から剥がした

縮こまったまま
わたしたちは自分を
小さく感じた
本がなくてよかったと
震えながら思った
どんなお話を読んでも
現実には敵わないのだ

走る地図

縮尺《しゅくしゃく》。五万分の一。点と線に
描かれたくしゃくしゃの半島。
割れたグラスより鋭い境界。
開いた窓に風。青空とともに
走る。地図は土地の速さと
競争するが少しずつ遅れていく。
地図というのは　出発地から
離れていく過程しか描かないもの。
進歩と生じるズレの数式。

恋文。思想。喪失の悲しい宗教。
別世界を描写するのに
眼の前に湖も丘も畑もある。
葡萄畑。わたしたちは
ワイン発酵所に走る。
あなたは少しずつ消えて
扉は一つ一つ閉まっても
ここはあいかわらず残る。
毎年　八月は眼の前に
燃えている空を新たに
投げ飛ばす。湿気。湖。
わたしたちの会話はだんだん
沈黙に滑っていくうちに
あなたはなぜか地図を
一所懸命に読もうとする。

もうすぐ必然的な
目的地に到着するのに。

狼男

森で散歩しながら
一瞬　バランスを失い
尖った枝で掌を裂く
血は憤然と噴き出し
地面に落ちていく

中指から始まる感情線は
我儘な愛情しか知らない
常に強い性欲で燃える
簡単に身を焦がして

簡単に失恋をして

軽々しい躓きで
感情線を引き延ばした傷は
わたしの運命を変えた
愛欲に飢えた狼になり
腹が減った日々を
森の中でおくる

赤く染めた手に
圧力をかけて歩き出す
帰り途はもう分からない
細々した運命を拒否しながらも
生臭い感情線を
このまま通るしかない

子守唄、大人のための

「食べ物はどこ？　飲み物はどこ？
湯呑みと　箸と　匙はどこ？」
「ほら　ほら　落ち着きなさい
ここにはなくて　あそこにもない」

「では　発達はどこ？　発展はどこ？
科学と　知恵と　理知はどこ？」
「ほら　ほら　落ち着きなさい
ここにはなくて　あそこにもない」

「では　権力はどこ？　警察はどこ？
国家と　故知と　過去はどこ？」
「ほら　ほら　落ち着きなさい
ここにはなくて　あそこにもない」

「では　憎しみはどこ？　諦めはどこ？
戦《いくさ》と　敵と　餓死はどこ？」
「ほら　ほら　落ち着きなさい
ここにはなくて　あそこにもない」

「でも　愛情はどこ？　安心はどこ？
愛撫と　朝と　空はどこ？」
「ほら　ほら　落ち着きなさい
どこにもないが　仕方がない」

現在へ

To the present

親知らず

わたしを産んだ女性の名前は知らない
わたしが母と呼んでいるのは
彼女ではないから
背が高かったか　低かったか
どのような顔をしていたか
わたしのように金髪だったか
どこから来たか
誰と住んでいたか
誰と愛を交わしたか

わたしを産んだとき
痛かったか　麻酔薬を頼んだか
分娩室で一人ぼっちだったか
手をつないだ人がいたか
わたしを病院に譲りわたしたとき
こちらを向いたか
はっきりと
わたしの顔が見えたか
知らない

だから　歯医者が
わたしの口をのぞきこんで
わたしの血統を初めて
教えてくれたとき

舌がまわらなかったのは
麻酔薬のせいではない
臼歯の角度から
先祖の出身国が読める
と　歯医者は言った

重くなった頭を凭せかけて
眠りに落ちていくと
母音があふれるゲール語で
話しかけてくれる先祖たちが
瞼の裏に押し寄せてくる
その真中に立つのは彼女
彼女の不明だった輪郭が　初めて
ぼんやりした形を取る
私の親知らずが

抜かれた瞬間に

穴、あるいは母を探して

草がぼうぼう　生えた所に
穴が空いている　裏庭の森林の
入り口の　　ちょっと手前
地下に　　眠る巨人のごとく
地面が汚れた口を　　広く開けて
太陽の傾いた光線　を飲み込む
空しい力で　　幸福を成分に
分割　　していく
白熱と照明　　物質と無重力

見えないものまで　消化する
　草と蔦の　巻きひげが伸びて
　　縞栗鼠が　巣を作るが
　穴の虚無への　防御は効かない
冬になると　穴の傷を縫い合わせた
根っこは　ふたたび枯れて
　穴の壁が　崩れかける
すると穴が　また口を開いて
貪欲な食欲を　満たそうとする
　腹鳴が　ごろごろと
響き渡る　窓を閉めても
家の中にやってきて　耳管に潜り込む
頭蓋の中で　私の名前を食う
穴が自己の中に　攻め込み
記憶を　食いちぎる

耳と目を　閉じても
わたしの中に　漏れてくる
自分自身を　少しずつ失う
こうして　四十四年が過ぎる

見なかった息子

小さくて
血まみれのまま
生まれたての体が
白い毛布にくるまれた
新生児を見ると
母体は動揺するという
平静を失わないように
取り乱さないように
わたしの顔は被された

窓ガラスの向こう
見知らぬ男は待つ
皮鞄を持ち

見なかった息子の
顔立ちは　それ以降
どの赤ん坊にも現れた
どの小さな眼にも
どの小さな口元にも
母体は　喪失を感知した
見ないということは
どこにも見ると等しい
窓から見える白い山脈は
顔を被る毛布の形を取り
鳥の鳴き声は　廊下から

響いてきた泣き声に聞こえた

息子が消えていくと
どの山の下にも
どの鳥の中にも
宿るようになった
喪失という不可解な
掛け算によって
わたしは単数ではなく
多数になった
全ての影から呟く
見なかった息子は
わたしでありながら
わたしではないだろう

だから　そのため
そのためこそ
わたしは　いま
他人の顔からも
山からも
鳥からも
闇に手を伸ばす
わたしと母体は
いま　忘却という暗い
無名の押入れから
お互いに探りあう

惑星X

海王星の向こう
冥界の神は統御している
氷とアンモニアの　死んだ王国を
またその向こうには　分類天体が虚空を
静かにさまよう　五千年ごとに
膨大な楕円を描いて

時折　軌道を微かに揺らすのは
なぜだろう　その一瞬のためらいに

天体は遠く遠くから　何か感じる
宇宙の始まりに　忘れかけた記憶の
弱々しい引力が　足を引きずる

学者の計算によると
未発見の惑星があるのではないか
質量は地球の十倍　一万五千年ごと
太陽系の反対側で　一人ぼっちで一周廻る
誰も見たことがない　まだ名前すらないが
あるのは確かだという

もちろん　わたしはそのことを
最初から知っていた　太陽系の反対側で
迷子になっているのは　このわたしだから
巨大な惑星は　反対側の惑星たちの

失われた兄だから

何千年も　何万年も
太陽系の外側の　孤独なコースを
手探りで進んできた　そうしながら
自分の引力で　天空に声をかけ続けてきた
遠い光の反対側の　見えない
妹の惑星たちに

*

漏れ

二十一世紀に漏れがある
どこか　ここから遠い海の底に
壊れたパイプは　怒りに燃える火山になり
石油を　黒ずんだ海に吐き出す

こんな事故は　いつも　遠い海に起こり
衛星映像は　いつも　見慣れない海岸を見せる
でも　黒い膜は　勢いがつくと　海に渡り
しばらくして　湾の全面に広がる

ようやく　海は　闇に満ちてくる
北半球は　黒半球と　呼ばれるようになるが
その防止できぬ進行は　大洋の果てまで行く
やがて　大陸のほうへ登ってくる

いや　汚れは　もう　ここに着いている
我々の住む家は　その染みに覆われ
我々の瞳は　黒く染まっている
そして　知らないうちに　我々の心も

この黒い惑星から掬い上げる神は　いない
最後の日になったら　黒い我々は
黒い家から出て　黒い空にかかっている
骸骨の月を　どんなに懐かしく眺めることか

停電の前の感想

闇を待っている部屋から
すでに　明かりは引いている
部屋の隅に溜まった夕暮れは
少しずつ膨らんで深まり
夜の影は　もう長い

ただのもろいものとして
我々は薄暗い部屋で隠れる
体温と触覚が　唯一の慰めだから

もうじき来る闇を待ちながら
お互いに手を伸ばす

この薄暗い部屋は
これから　輪郭を失い
色は少しずつ黒白に沈む
全てが　黒い海に溺れる瞬間は
すでに　近づいてきている

しかし　闇が落ちるとき
暗い電球から流出しない
闇は　既に　ここにあった
我々の壊れやすい体から溢れ
周りの空間を満たす

我々は闇から生まれ
最後にまた闇に沈んでいく
常にその漆黒の腕に抱かれている
明かりに踏み出したのは　ただ
一瞬の眩しい幻に過ぎない

地震後の帰国

何ヵ月残されても
家は相変わらず
ここに立っている
この安定した大地に
雪の重さと折れた枝は
枯れた庭に落ちて
楔形文字を描いている
それを読めたら
不在の記録だろう

まばゆい吹雪の昼
白に包まれた黄昏
動かない冬眠の夜の
ささやかな出来事

その間に　衰えは
ここにも訪れている
アライグマは薪の山を
また　散らばした
玄関の電球は切れて
漆喰のひびわれは広く開いた
絵はぎこちない角度に
なぜか　架かったまま
この小さな荒廃は
地震の結果ではない

家は　私と同様に
年を取っている

ほら　家具が
しまってある部屋に
光よりも影が　躍っている
よく見れば　寒さの
せいかもしれないが
この疲れた家の壁は
緊張している重さで
震えているではないか
この微妙な震えは
私のためでなければ
誰のため　何のためでもない

*

風の解読

黒い雲が垂れ込め
地平線に近づいてくると
視線も凝縮する
竜巻はいつも
このように始まる
腐りかけた空
気圧の急落
金属の味

空中に舞う落葉の
素早い曲線は
一瞬のみ残る文字になる
見覚えがあるが
解読できない
現在の言葉ではなく
未来の言葉
存在していない文法で
起こっていないことを語る

未来はいつも
消散していくところ
竜巻に襲われてきて
わたしたちは　必死に
読もうとする

暗く回転する風の中
消えかかる言葉を

風は速すぎて
ついていけない
時間の動きに
切り離され
明日が見えない
結局　未来からの
伝言は届かない

いつか　竜巻は静まる
家と学校だった瓦礫の中で
わたしたちの言葉が変わる
言葉はすでに進化している

もしかしたら　わたしたちも
そのとき　竜巻の伝言が
理解できるだろうか

もう遅すぎるか
歴史の潮が満ちてくると
強まる風に再び吹かれ
同じ失敗を繰り返すのか
空気が廻り始めれば
選ぶ瞬間は　いま

未来へ

To the future

終わりと始まりの間

最後の店のシャッターが
がたがたと降りると
町は　一瞬に消え失せる
シャッターに遮断され
コンクリートの壁に隠れ
今まであった町は
もうどこにもない
その代わりに
べつの町が現れる

過去と未来を二つに分ける地帯
この町を知らなくても
ここは　初めてではない
シャッターが降りると
わたしたちは　常に
ここに戻るから
失われた時の狭間を
またゆっくりとさまよう
町の下に　海は薄暗く輝く
夜は沖の上に踊り
波と共に打ち寄せる
潮になだめられ
時は　ゆっくりと
引いたり満ちたりする
よく見れば

沖に浮かぶ島々も
眠っている
この島の列は
常にここにあった
遠く光っている灯りが
暗い海を点々と照らす

辛抱さえすれば
船が島からやってきて
わたしたちを明日へ
運んでくれる
そのとき
喪失のように
広がった町が
無言に後退する

朝のシャッターが
再び上がると

北米の飛路《フライウェー》

南から北に
また北から南に
海岸と山脈と渓谷を
沿って行けば
北の繁殖地にも
南の避寒地にも辿りつく
繁殖して去っていき
繁殖して去っていき
そのうちに一生を終える

飛来の道筋は
それぞれあるが
鳥の細々した道が合流して
幹線道路のように
飛路《フライウェー》を構成する
北米に四つある
アトランティック
ミシシッピ
セントラル
パシフィック
でも　南に行って
地峡が細くなれば
どれも合流して
海に挟まれた鳥たちは

不可避の方向に
導かれる

わたしは見たことがある
グアテマラのジャングルで
鳥たちが巨大な木々から
飛び上がった
小さな体が雲を翳らせ
太陽を隠した
夜が近づいて
日が沈んだら
鳴き声は血まみれに
空を引き裂いた
自分の耳にはその歌が
喜びの歌に聞こえなかった

嘴から溢れたのは
禁じられた方向に
置き去りにした巣で
交わした愛の
淡い記憶

夢魘

寝なさい　寝なさい
睡眠が幕を上げると
幻影は押し寄せてくる
記憶の埃だらけの洞窟
薄暗い酒場と
込みあった寝室の
忘れかけた夜の暗い光が
差し込むと　影法師
になった死者は

部屋に立ち尽くす
ワタシハ暗イ
ワタシハ重イ
ワタシハ痛イ
と　うろ覚えの生者の
言葉で呟きあう

夜の対岸で目が覚めると
冷たい朝に照らされて
木は黄色の絶頂に生えている
影から釈放されている
と思うのはまだ早いのか
死者は　またしても
どこかの遠い部屋にとり憑いて
気ままな思いを死語で

喋っているかもしれない
夜には不思議な活力がある
光が打ち消そうとしても
また意識の地下室で
見知らないものが
隠れている

境界

雨が止んだ
祖母の家の後ろ
乾き始めた土に熊の足跡
五本丸くて短い指
五本長くて尖った爪
自分の手を開いても
地面に残された掌ほど
大きくなかった
周りの泥は捩じれていた

恐ろしい体重に変位され
地殻は　その場だけで
小さく変動していた

ぼくは十歳
家を囲む森が
その日から暗くなった
どの陰にも黒い目は光り
どの折れた枝も参列の証し
毎晩　横になると
熊はぼくの床に訪れた
黒い毛　強い顎
立派に突き出す口は
睡眠の膜に映った
熊と子供

どちらも侵入者
どちらも睨みあう
お互いに誘いながら

でも　朝になったら
どこにもいなかった
床に顕れた熊は
足跡と同じ
ないものが一瞬だけ形を取り
また虚無へ消えた名残
自分を自分自身から
引き離すことを教えるため
熊は顕れたかもしれない
見えないことは
いないことと

同じではない
いないからこそ
見る、感じるものがある
その静かに存在を
呼び起こす不在から
何かが生まれる

糸の男

今日の午後　家を出るとき
小指を庭の木に結び付けた
途中で道に迷わないように
歩き出して　結び目は解かない
代わりに　解くのは自分自身
道を示すために　皮膚　骨
そして絡んだ血管を糸に紡ぐ

透明な糸で足跡をしるしながら

ようやく　山の入り口に来る
沈み始めた日の光は
木から漏れて地面に舞う
それに誘われて　奥へ登っていく
いつか半分に細った体は　軽くなり
知らないうちに足が速くなる

前に　岩つつじが咲き乱れて
梢の間に聳える頂をちらりと見る
いくら歩いても　着かない
わたしは少ししか残っていない
歩き続ける？　それとも戻る？
身の周りに　陰が濃くなっている
しかし　今日は　もう　遅すぎる

わたしは　どこまで行けるのか
いつ　自分が自分ではなくなるのか
戻ることには　安らぎがある
振り返ると　糸になったわたしは
闇の底を走って　光っている

ミシガンの冬

ものをやさしく
表現するのは
意外にむずかしい
例えば　わたしは
幸せであると

幸福には　口がない
と理解するのに
何年もかかった

だから　風の声を
聞かずに　眼を
大きく開いて
眺めるだけ

光は梢から溢れて
雪にゆっくりと衝突する
氷は木に鍵をかけたが
坂の下で　小さな流れが
緩やかに届いて
そして　また届く

自註

日付変更線

タイトルは、高橋睦郎の未発表作品から取る。

火振り神事

阿蘇神社に、燃えている萱の束を頭の上で廻す祭りがある。二〇一〇年に、伊藤比呂美、四元康祐、覚和歌子、ジェローム・ローゼンバーグと一緒にその祭りに参拝した。その後、私にとって最初の日本語の詩が生まれた。この詩がそれだ。

望遠鏡

レンズと天文学と不思議な話に関心のある小説家、稲垣足穂から霊感を受けた。

無縁という場

日本の中世には、自分の国と家から縁を切った難民、貧窮者、移民、奴隷などが集まって、新しくスタートできる寺や神社があった。伊藤正敏の『無縁所の中世』（ちくま新書）参照。

リターンの用法

英語での return は「戻る、帰る」のほかに、「復帰する、回復する、再開する」、そして「（キーボードなどによって）改行を打つ」など、たくさんの意味がある。

同居人

自分の分身を同居人として描写した詩人、多田智満子から霊感を受けた。

センテンスの前

英語の sentence には、「文章」の他に、「判決、刑、処罰」という意味もある。

さかのぼる

アメリカの中西部には、先史時代に、巨大な塚《マウンド》をさまざまな形で作る文明がいくつかあった。塚を作る習慣は、紀元前三千年から紀元十一世紀頃まで続いたが、その中で最も美しいのは、私の生まれ育ったオハイオ州に集中している。説はいろいろあるが、時代によって、祭典を行なったり、星の動きを観察したり、死者を埋めたりするために使われたらしい。これらの塚を作った文明と、後でオハイオ州に住んだインディアンとの関係は不明。オハイオ州の大きな川の名前は、だいたい二、三百年前にいたインディアンの言語から来ている。例えば、「オハイオ」はイリクォイ語の言葉で、「オレンタンジー」はデラウェア語の言葉。残念ながら、これらの言語を話していた民族は殺されたり、中西部から追い出されたり、白人文化に融け込んだりしたから、現在のオハイオ州では耳にしない。ほかの州にある指定居住地でも、現在残っているインディアンの先祖の言語は消えかかっている。死語に近い言葉の地名に囲まれて成長した私は、その不思議な響きに深い関心を持った。

蛇塚が語る

前註参照。最も美しい形の古代インディアンの塚は、オハイオ州の南部にある蛇塚《サーペント・マウンド》であろう。

わたしのアメリカ史

オハイオ州南部の田舎で生まれ育った祖母、ナンシー・ジェニックス・アングルス（一九〇四〜九二年）から聞いた話による。

竜巻演習

アメリカ中西部のような竜巻の多い地域では、小学校などで、竜巻が来たときに備える訓練をする。

走る地図

ミシガン州の北部にあるリーラナウ半島の美しい葡萄畑とワイン発酵所を訪ねてから間もなく、長年のパートナーと別れた。アメリカの詩人、ロバート・ケリーを引用した箇所がある。

親知らず

生まれてすぐに養子に出されたので、四十四歳まで産みの母の名前も行方も知らなかった。この詩は、実際に歯医者で体験した出来事を作品にした。

見なかった息子

四十四歳の春、生母がわかった。初めて電話で話したとき、次のようなことを聞いた。当時、若すぎた生母は私を養子にすると決めていたが、出産室で待っている弁護士に渡す前に、一度だけ私を抱きたいと思った。しかし、弁護士は決心がぐらつくことを恐れて、私の顔さえ隠して見せなかった。自分の赤ん坊を一度も見ずに別れてしまったことは、彼女にとってトラウマになった。その後、二人の娘（私にとっては異父妹）を産んでも、そのことを忘れることはできなかったらしい。

惑星X

海王星の向こうに、ミニ惑星のような分類の天体がいくつかあるのは知られているが、その軌道の揺らぎを観察した天文学者が、太陽系の反対側に未発見の巨大な惑星があるはずと発表した（二〇一六年一月）。そのニュースを読んだとき、生母から私の存在を聞いていた妹たちにとって、行方不明だった私とは、その謎の惑星に似ていただろうと考えた。

漏れ

二〇一〇年のメキシコ湾原油流出事故のときに書いた。

停電の前の感想

二〇一一年の東日本大震災のとき、東京大学客員教授として来日していた。東京の郊外で停電を体験した。

地震後の帰国

東日本大震災のために、仕事が中断されて、アメリカへ帰国することになった。日本とアメリカの往復は何度もあるが、そのときは自分が分裂してしまったような気がした。停電と余震のないミシガン州に到着し、深い安堵を覚えたが、一方で、日本の友人を放射線と余震の不安の中に残してしまったという後悔も深かった。安らかな自宅にいながら、こんなに心が震えるのを感じたことはなかった。

北米の飛路

「飛路」というのは、英語の flyway（渡り鳥が移動するときに習慣的に通るルート）を直訳した造語。

境界

生物学用語に ecotone というのがあり、異なる環境の間で生じる「環境推移帯」という意味。そういう場所では、二つの異なる生態学的環境、例えば、森林のとなりの畑なら、森林の動物と雑草などが畑の動物と作物に接触する。そういう環境について考えながら、この詩を書いた。

糸の男

アメリカと日本を数え切れないほど往復しながら生活する伊藤比呂美に捧げる。

ミシガンの冬

私の隣人、故曽我道敏と曽我亮子にこの詩を捧げる。

あとがき

小学校の教室に地図がかかっていた。アメリカのそれぞれの州は、赤や青や黄色で着色されていたが、私の住んでいるオハイオ州はたまたま緑色だった。七歳の私にとって、それは当然な事だった。教室の窓を見ると、草がぼうぼう生えた公園の向こうに、芝生に覆われた丘が連なっていた。オハイオ州の南部に住んでいる祖母に会いに行くときには、二時間ぐらい、トウモロコシ畑と緑の森林に挟まれた道路を走った。地図が言うように隣の州は実際に赤と青だったら、鮮やかな風景を隔てている州境はきっと何か不思議な力があるのだろうと感じた。目に見えない、手で触れられない境界線が、どのように色分けをしているのか。境界線を動かせば、その領域にある植物の色も変わるのか、あるいは中途半端に混じった色に終わってしまうのか。幼いわたしは、そのままのはずはないと思っていた。境界線のことで頭がいっぱいになった。

その後、境の近くを歩き、植物の色が変わらないことを発見してがっかりした。

しかし、境界線の魅力は失われなかった。州境に来ると、必ず車を止めてもらって、一足をこちらに、一足をあちらに置き、父に写真を撮ってもらう遊びが何年も続いた。こちらにもあちらにもいながら、完全にはどちらにもいないという越境性は、幼い私にとって説明できないアピールがあった。

十五歳のとき、高校の留学生として下関へ行き、日本語を学び始めた。それ以降、何度も日本に渡り、何度もアメリカへ戻り、文学少年だった私は、いつの間にか日本文学の教鞭をとり、翻訳もするようになった。昔、州境にそれぞれの足を置いて楽しく立った少年が、国境を越えて、バイリンガル、しかもバイナショナルな人生を送るようになった。それは偶然ではないのかもしれない。

しかし、地理だけではない。年月を隔てる時間的な境界線、世代を隔てる関係の境界線、異なる物を隔てる輪郭の境界線、概念を区別する言語学的な境界線、そして、「わたし」と「あなた」を隔てる意識にも……。それらはどれも見えなくて、ある意味、人為的に作られている。もしかしたら、そもそもは存在していないものかもしれない。それにも拘らず、その境界は私たちの世界、私たちの意識、そして私たちの言葉を構築する。もしその境界を無視したり、超越したり、自分の意識の中で想像し直したりしたとしても、その境界線は不思議な力を及ぼし続けて、予測不能な影響を私たちに与える。

この詩集は、自分の意識の中で交差し、縦横に動く複数の境界線を検討する実験である。どうして母語ではなく、日本語で書いたのか。母語というのは、空気のようなもので、描写しようとしている事柄を、あまりに素直に述べることができてしまう。しかし、同じことを他言語でしようとすれば、微妙なズレが生じたり、ぎこちなく聞こえたり、自分の想像していなかったニュアンスがふと入ってきたりする。そういうズレこそ、私は面白いと思う。英語で詩を書いたことはあり、萩原朔太郎から伊藤比呂美まで日本の詩人の作品を数多く英訳してきたが、第二言語で創作するのは、それまでとは全く違う体験だった。自分の考えていること、自分の感じていること、そして自分を構築していることを、新しい光で見るようになった。正しく言えば、この詩集は日本語でしか書けなかった。

日本語の単語の響きと漢字による連想などに導かれたことも多い。例えば、「親知らず」という単語について考えることで、「産みの母」をめぐる詩は誕生した。英語では一番奥にある臼歯は wisdom tooth、直訳すれば「知恵の歯」という。英語の発想では、その詩はどうしても生まれてこなかっただろう。その一方で、アメリカについて書いた詩、特に自分の少年期を描写した詩には、英語のリズムや英語的な発想が自然に出てくることを発見した。日本語としてはやや異質に聞こえても、それはそれでいいと思い、その感覚を残した。

日本語で書き始めたときに、励ましてくれた多くの友達にお礼を申し上げたい。高橋睦郎さんと伊藤比呂美さんと新井高子さんからはさまざまな助言をもらい、樋口良澄さんも力を貸してくれた。この詩集を最後まで見守ってくれた髙木真史さんにも心から感謝したい。そして、最も深く感謝したいのは、いまここでこの本を手にしている読者、あなた方である。

初出一覧

日付変更線　「現代詩手帖」二〇一一年二月号
火振り神事　「現代詩手帖」二〇一一年二月号
時差　「妃」二〇一一年　十五号
望遠鏡　「妃」二〇一一年　十五号
無縁という場　「妃」二〇一一年　十五号
リターンの用法　「ミて」二〇一一年夏　一一五号
翻訳について　「現代詩手帖」二〇一一年二月号
文法のいない朝　「現代詩手帖」二〇一一年二月号
同居人　「現代詩手帖」二〇一二年十月号
字間の静寂　「ミて」二〇一一年夏　一一五号
センテンスの前　「びーぐる」二〇一四年一月　二十二号
解剖図　「びーぐる」二〇一四年十月　二十五号
さかのぼる　「ミて」二〇一二年秋　一二〇号
蛇塚が語る　「ミて」二〇一四年春　一二六号
わたしのアメリカ史　「ミて」二〇一一年冬　一一七号
田という字　「ミて」二〇一一年冬　一一七号
竜巻演習　「ミて」二〇一三年春　一二二号

既発表作品には改訂と加筆を重ねた。改題の場合もある。

走る地図	「ミて」二〇一一年秋　一一六号
狼男	「ミて」二〇一二年夏　一一九号
子守唄、大人のための	「ミて」二〇一一年春　一一四号
親知らず	「妃」二〇一一年　十五号
穴、あるいは母を探して	「ミて」二〇一六年冬　一三三号
見なかった息子	「ミて」二〇一五年夏　一三一号
惑星X	「ミて」二〇一六年春　一三四号
漏れ	「ミて」二〇一一年春　一一四号
停電の前の感想	「現代詩手帖」二〇一一年六月号
地震後の帰国	「現代詩手帖」二〇一一年六月号
風の解読	「ミて」二〇一一年夏　一一五号
終わりと始まりの間	「ミて」二〇一二年冬　一二一号
北米の飛路	「ミて」二〇一二年秋　一二〇号
夢魘	「ミて」二〇一三年冬　一二五号
境界	「ミて」二〇一三年秋　一二四号
糸の男	「現代詩手帖」二〇一一年二月号
ミシガンの冬	「ミて」二〇一三年春　一二二号

略歴

一九七一年　アメリカ中西部オハイオ州コロンバス市で生まれる。
一九八七年　高校在学中、留学生として初めて来日し、下関に三ヵ月ほど滞在。日本語の学習を始める。
一九八九年　オハイオ州立大学に入学し、日本語と国際関係学を専攻する。
一九九一年　企業の研修生として、埼玉県に三ヵ月滞在。帰国後、オハイオ州立大学の文学雑誌 *Mosaic* の編集長になる。
一九九三年　大学を卒業し、仕事のため埼玉県に戻る。
一九九四年　帰国して、アメリカの日系企業に勤務。
一九九五年　奨学金を取得し、オハイオ州立大学大学院修士課程（日本文学）に入学。日本近現代詩を研究し始める。
一九九六年　神戸松蔭女子大学に留学。
一九九七年　オハイオ州立大学大学院博士課程（日本文学）に進学。同じ頃、萩原朔太郎、江戸川乱歩、稲垣足穂など、モダニズムの作家等を中心に翻訳を始める。
一九九八年　再び神戸松蔭女子大学に留学。

二〇〇〇年　文部省の奨学金によって、国際日本文化研究センターで研究を始める。

二〇〇四年　オハイオ州立大学の博士号を取得。西ミシガン大学助教授に就任。以後、毎年、アメリカと日本を往復する生活が始まる。

二〇〇八年　激しい競争の結果、ペン・アメリカから翻訳補助金を取得。

二〇〇九年　西ミシガン大学准教授になり、外国人研究員として国際日本文化研究センターに滞在し、研究と翻訳活動を並行して進める。アメリカの国家芸術基金から、翻訳補助金を取得。多田智満子の作品英訳に対して、コロンビア大学のドナルド・キーン・センターから日米交流基金日本文学翻訳賞を受賞。

二〇一一年　多田智満子英訳選詩集に対して、アメリカ詩人アカデミーからランドン翻訳賞を受賞。東京大学客員教授として来日し、翻訳理論を教えるが、東日本大震災によって研究が中断され、帰国。

二〇一三年　英国文学翻訳センターにおいて日英翻訳ワークショップを担当。

二〇一六年　西ミシガン大学教授になる。

著作・翻訳書

Soul Dance（新井高子英訳選詩集）ミて・プレス、二〇〇八年。
Killing Kanoko（伊藤比呂美英訳選詩集）アクション・ブックス、二〇〇九年。
Forest of Eyes（多田智満子選詩集）カリフォルニア大学出版部、二〇一〇年。
Writing the Love of Boys（日本のモダニズム文学における少年愛の研究書）ミネソタ大学出版部、二〇一一年。
Twelve Views from the Distance（高橋睦郎自伝小説『十二の遠景』の英訳）ミネソタ大学出版部、二〇一二年。
Hikikomori（斎藤環『社会的引きこもり』の英訳）ミネソタ大学出版部、二〇一三年。
Wild Grass on the Riverbank（伊藤比呂美詩集『河原荒草』の英訳）アクション・ブックス、二〇一四年。
These Things Here and Now（震災詩の英訳選詩集）城西大学出版会、二〇一六年。
Poems of Hiromi Itō, Toshiko Hirata & Takako Arai（伊藤比呂美、平田俊子、新井高子の英訳選詩集）バガボンド・プレス、二〇一六年。
The Book of the Dead（折口信夫小説『死者の書』の英訳）ミネソタ大学出版部、二〇一七年。

わたしの日《ひ》付《づけ》変《へん》更《こう》線《せん》

著者
ジェフリー・アングルス
発行者
小田久郎
発行所
株式会社 思潮社
〒一六二―〇八四二 東京都新宿区市谷砂土原町三―十五
電話〇三（三二六七）八一五三（営業）・八一四一（編集）
FAX〇三（三二六七）八一四二
印刷・製本
創栄図書印刷株式会社
発行日
二〇一六年十一月三十日 第一刷 二〇一七年四月三十日 第二刷